한국 희곡 명작선 17

9월

한국 희곡 명작선 17

9월

설유진

평민사

설
유
진

9
월

등장인물

선희

리아

근호

해리

영주

역무원

1막 1장

암전 속, 기차가 도착하는 소리.
밝아진 무대 전면에는 커튼이 닫혀있다.
커튼 앞, 크지 않은 가방을 멘 선희가 객석을 보고 선다.

선희   가방이요. (사이) 귀금속이요? 아니요. 비싼 물건이 들어있는 건 아니에요. (사이) 큰 트렁크는 아니에요. 핸드백도 아니고. 그냥 중간 크기? 뭐… 옷 몇 벌이랑… 옛날 사진 몇 장이랑… 이름이요? 안 써있죠. (사이) 잠깐 잠이 들었었거든요. 뭐… 그렇게 중요한 건 아닌데… 아니, 뭐 얼마나 중요해야 찾을 수 있는데요? (기차표를 꺼내보고) 8호차 3C네요. (사이) 공일공, 사사둘둘, 삼오일오. 네, 꼭 좀 찾아주세요.

사이.

선희   기차역을 나서서, 마을로 가면, 가서 사진관을 찾으면… 그럼, 얼굴이라도 볼 수 있을까?

음악이 흐른다. 커튼이 열린다. 한동안 음악이 흐른다.

커튼 안으로 깊게 펼쳐지는 무대.

무대 중앙에는 기찻길처럼 하얀 선 두 줄이 그어져 있고,

기찻길 양 옆으로는 기차역 의자들이, 기찻길 위에는 역무원의 의자가 놓여있다. 기찻길 끝에 역무원이 객석을 바라보고 서 있다.

기찻길을 따라 천천히 걸어가는 선희.

커튼이 있던 자리엔 붉은 선 하나가 가로지른다.

리아가 킥보드를 타고 객석 문으로 등장해 무대를 돈다.

각각 기차역 의자에 앉은 근호와 영주.

영주의 옆에는 캐리어백이 놓여있다.

선희, 무대 위의 인물들을 지나쳐 닫힌 쪽문 앞에 도착한다.

음악이 사라진다.

선희, 잠긴 가게 문을 두드린다.

1막 2장

리아, 근호 곁에 도착한다.

근호   누구냐?

리아   저요.

근호   저가 누구야?

리아   리아요.

근호   물.

리아가 근호의 어깨를 주무르는 동안,

근호   오늘 낮에는 대통령이 김정은이랑 같이 평양 시내를 돌아다녔단다.

리아   왜요?

근호   이제 통일이 된단다.

리아   누가 그래요?

근호   뉴스가 그러지. 통일만 돼봐라, 응? 이 한반도에 평화가 도래한단 말이야.

리아   평화 좋죠.

근호   통일만 돼봐. 이 동네 땅값도 금방 오를 거야.

리아　어떻게요?

근호　북한이랑 가깝잖냐. 이 동네로 고속도로만 뚫려도. 하다못해 휴게소라도 생기겠지.

리아　그럼 집이랑 가게랑 싹 다 팔아서 우리도 다시 서울 가요.

근호　통일 되면 수도가 바뀔 판인데 서울은 왜 가?

리아　다시 서울 가면, 나도 그 잘 생긴 건물 하나만 갖고 싶네.

근호　꿈도 참 정성이다.

리아　지랄도 정성이다겠죠.

근호　내말이.

사이.

리아　가게는 왜 또 닫아놨어요?

근호　손님도 없는데 뭐 하러 열어놔.

리아　닫아놓으니까 손님이 없죠.

근호　손님이 없는데 뭐 하러 열어놔.

리아　이 동네에 슈퍼는 우리 집밖에 없는데 손님이 없긴 왜 없어요.

근호　동네에 슈퍼가 하나면 뭐해. 사람이 안 사는데.

리아　닫아놓지만 마요. 누가 보면 아주 문 닫은 줄 알겠네.

근호　아주 문 닫어. 몇 푼이나 번다고.

리아 9급 공무원이 벌면 얼마나 번다고 슈퍼 문을 닫아요.

근호 …

리아 이번 주부터 24시간 문 연다고 소문 내놨으니까 손님도 좀 늘 거예요.

근호 코딱지만 한 동네에서 슈퍼를 뭐한다고 24시간이나 해.

리아 시내에도 24시간 편의점 있잖아요.

근호 여기가 시내였는데 말이야.

리아 국밥집도 문 닫는다니까, 이제 우리 슈퍼에서 술 사다가 이 앞에서 술도 한잔씩들 하고.

근호 아예 술집을 하지 그러냐.

리아 아, 진짜. 저도 잘해보려고 하는 거잖아요! 그냥 문만 좀 열어두시라고요!

리아, 킥보드를 타고 나간다.

근호 이 계집애가 어디 아버지한테 소리를 질러.

선희, 문을 두드린다.
밖을 돌아 다시 들어선 리아, 선희에게 다가간다.

근호 코딱지만 한 동네, 코딱지만 한 슈퍼에 온갖 걸 다 갖다 놓고는, 밤새도록 문 열어둔다고 다 팔리겠어?

리아   어떻게 오셨어요?

선희   … 저요?

리아   네.

선희   그냥…

리아   이 마을에 그냥 오셨다고요?

선희   네… 왜요?

리아   아니, 그냥… 그냥은 올 곳이 아니거든요. 뭐가 있는 동네도 아니고, 지나갈만한 동네도 아니고. … 땅 보러 오셨어요?

선희   아니요.

사이.

선희   가게 열었어요?

리아   아, 네. 들어오세요.

선희, 리아가 열어준 문 안에 들어가 사라졌다가
잠시 후, 담배를 한 갑 가지고 나온다.

리아   사천오백 원입니다.

돈을 주고받으며,

리아	어디서 주무세요?
선희	네?
리아	숙소 잡으셨어요?
선희	아니요. 마을에 호텔이나 여관이 있을 줄 알았는데.
리아	모텔이 하나 남았었는데 얼마 전에 없어졌어요.
선희	그래요…
리아	시내로 가시면 있는데… 차 있으세요?
선희	아니요.
리아	이 시간엔 버스도 안다니는데…

사이.

리아	민박집이 있긴 해요.
선희	그래요?
리아	알아봐드려요?
선희	네, 고맙습니다.

리아, 바쁘게 킥보드를 타고 밖을 돌아 집에 들러,

근호	누구냐?
리아	저요.
근호	저가 누구야?
리아	아버지, 손님 오실 거예요. 옷 좀 입고 계세요.

근호   무슨 손님?

리아   민박 손님이요.

근호   우리 집이 언제부터 민박집이 됐어?

리아   오늘부터요.

근호   지랄도 정성이다.

리아, 가게로 돌아와,

리아   방이 딱 하나 남긴 했는데… 안 내놓던 방이라…

선희   잠만 자면 돼요.

리아   근데 깔끔하진 않아요. 만원 빼드릴게요.

선희   얼만데요?

리아   원래 오만 원인데…

선희, 가려 한다.

리아   삼만 원에.

선희   네…

리아   조식도 나와요. 미역국.

선희   좋네요.

리아   따라오세요.

리아, 바쁘게 킥보드를 타고 밖을 돌아 집으로 간다.

선희, 리아를 바삐 따라간다.

근호　누구냐?

리아　손님이요.

근호　무슨 손님!

리아　손님은 저 방에서 주무시면 되고, 조식은 7시.

선희　네.

리아, 나가고, 사이.

선희　마을이 몰라보게 변했네요. 학교도 없어지고.

근호　… 십년도 넘었어.

선희　네?

근호　학교 없어진 지 십년도 넘었다고.

선희　네…

근호　… 많이 변했지. 사람이 쑥 빠지니깐 학교부터 없어지더라고… 저기 세탁소는 이제 복덕방을 겸하고, 복덕방은 마을 창고로 쓰고. 저기 옷가게는 철물점을 겸하고, 옷가게는 이제 옷 사러 오는 사람보다 못 사러 오는 사람이 더 많아. 2층에 다방은 빵집을 겸하고, 빵집주인은 서울로 가고, 다방레지도 서울로 가고. 이발소는 파리 날리고, 미용실은 반 토막 나고, 정육점도 없어지고, 금은방도 없어지고…

영주, 기차역 의자에 눕는다.

선희   사진관은요?

사이.

선희   저… 아시죠?
근호   …
선희   저, 기억 안 나세요?
근호   …
선희   저요. 조선희요.
근호   …
선희   저도 이 마을에 살았었는데…
근호   …
선희   형사님, 맞으시죠? 박근호 형사님…
근호   무슨 소릴 하는지 모르겠네.

역무원이 의자에 앉는 사이.

근호   여긴 왜 돌아왔어?
선희   저 누군지 아시잖아요.
근호   모른다니까!
선희   근데 왜 반말이세요?

1막 3장

근호, 선희와 마주보고 선다.

근호　조선희씨?

선희　…

근호　조선희씨 맞습니까?

선희　…

근호　후회돼요? 대답 안 한다고 없었던 일 되는 거 아닙니다. 조선희씨 맞죠?

선희　맞아요.

근호　피해자 김기준씨와는 사실혼 관계시고, 두 살짜리 딸도 하나 있으시고. 맞죠?

선희　네.

근호　김기준씨가 애아빠 맞습니까?

선희　네.

근호　9월 7일 저녁 6시경 김기준씨의 내연녀 민영주씨가 운영하는 해리사진관에 찾아갔다. 맞죠?

선희　네.

근호　사진관에서 피해자 김기준씨를 기다렸습니까?

선희　아니요.

근호　　그럼 왜 갔습니까?

선희, 근호를 피한다.

근호　　김기준씨가 민영주씨와 내연관곈 거 알고 있었죠?

영주, 앉는다.

근호　　조사하면 다 나와요. 알고 갔어요, 모르고 갔어요?
선희　　그게 중요해요?

근호, 객석을 보고 선다.

근호　　내연관곈 거 알고 갔습니까, 모르고 갔습니까?
선희　　알았어요.
근호　　가서 김기준씨 기다렸죠?
선희　　아니요.
근호　　왜 갔습니까?
선희　　그냥…
근호　　본처가 후처랑 친구라도 먹으려고 갔습니까?
선희　　…
근호　　조강지처가 서방님 찾겠다고 내연녀한테 간 거잖아요.
선희　　아니에요.
근호　　그럼 왜 갔습니까?

선희	그냥요.
근호	그냥?
선희	그냥… 어떤 사람인지 알고 싶었어요.
근호	누구?
선희	영주요.
근호	처음 간 게 아니시라고요?
선희	네.
근호	자주 드나들었어요?
선희	꽤…
근호	언제부터?
선희	작년 이맘때쯤부터요.
근호	다니면서 피해자 김기준씨가 언제 드나드는지 확인하고?
선희	어떤 사람인지 알고 싶었다고요.
근호	피해자와 내연녀가 어느 정도 사인지도 알아보시고?
선희	영주가 어떤 사람인지 알고 싶었다니까요?!

사이.

근호	가서 뭐했습니까?
선희	얘기요.
근호	무슨 얘기.
선희	그냥 사는 얘기요.

근호	둘이 친해지기라도 했어요?
선희	…
근호	둘이 범죄를 공모했습니까?
선희	영주는 아무것도 몰랐어요.
근호	조선희씨와 김기준씨의 사실혼 관계를, 민영주씨가 몰랐다?
선희	몰랐어요.
근호	사실혼 관계를 남편의 내연녀에게 숨겼다?
선희	… 네.
근호	왜?
선희	…
근호	민영주씨의 사진관엔 왜 드나들었습니까?
선희	…
근호	내연관계를 알게 된 본처가 후처를 찾아갔다. 사실 뻔한 얘기예요.
선희	뻔해요?
근호	뻔하죠. 치정관계.

선희, 기차역 의자에 누워 잠든다.

| 근호 | 조선희씨, 피해자 김기준씨를 왜 죽였습니까? |

근호, 나간다.

2막 1장

해리, 카메라가방을 메고 들어선다.

해리 아주 어릴 때의 일을 아직까지 기억하는 게 가능할까요?

역무원, 객석 앞까지 걸어 나와 객석을 보고,

역무원 뭘 기억하는데요?
해리 얼굴이요.
역무원 무슨 얼굴?
해리 엄만 줄 아는데 엄마는 아니에요.
역무원 엄만 줄 아는데 엄마는 아닌 얼굴?
해리 나를 한눈에 다 담을 듯이 뚫어지게 봐요.
역무원 오랫동안 기억하려는 듯이.
해리 엄마가 떠났어요.
역무원 떠나셨다는 게…
해리 떠나셨다고요. 돌아가신 게 아니고.
역무원 네.
해리 이해가 안 돼요.

역무원 뭐가요?

해리 엄마가 왜 떠났는지요. 아무 문제없었거든요.

역무원 (관객에게) 보이진 않아도 모두 나름의 문제를 안고 살아가니까요.

역무원, 해리를 보고 바닥에 앉는다.
해리, 역무원의 의자에 앉는다.

해리 이해하고 싶어요.

역무원 뭘요?

해리 엄마요. 엄마를 알고 나면, 내가 누군지 알 것 같아요.

역무원 기다려 보세요. 돌아오실지 모르잖아요.

해리 집에 왔는데 엄마가 없어요. 전화도 안 받고… 욕실에 갔는데, 칫솔이 없는 거예요. 그때 알았어요. 엄마가 떠난 걸. 집을 뒤지기 시작했어요. 엄마 물건이 없어요. 경찰에도 연락했는데 기다리래요. 아직 실종이 아니래요. 웃기지 않아요? 아직은 실종이 아니래. 우리 엄마는 아직 없어지는 중인 거지 없어지진 않은 건가? 엄마는 어디 갔을까? 아빠를 찾아간 걸까? 엄마도 나를 두고 가버린 건가?

선희, 의자에서 떨어져, 바닥에 잠든다.

2막 2장

영주　　떠날 준비를 하고 있어요.

역무원　어디로요?

영주　　절간에 들어가서 스님한테 털어놓을까, 성당에 가서 신부님한테 고해성사를 할까.

역무원　종교가 있으세요?

영주　　아니요. 말할 상대가 필요해요.

역무원　난 어때요?

영주　　비밀, 지켜줄 수 있어요?

역무원　그럼요.

영주　　어떤 것도?

해리　　엄마랑 사진관을 열었어요. 엄마랑 사진관을 하게 된 건 일종의 치유 같은 거였는데.

영주　　해리사진관.

해리　　엄마는 고집이 세요. 너무 그대로 찍는 달까.

영주　　사진은 순간이야. 그 사람이 어떤 사람이든, 어떤 사람이었든, 어떤 사람이 될 거든, 사진은 순간만을 잡아. 좋은 순간엔 어떤 사람인지, 어떤 사람이었는지, 어떤 사람이 될지도 모두 담기는 거야.

역무원　네.

| 해리 | 엄마가 찍는 난 못생겼어요. |
| 역무원 | 네. |

사이.

해리	엄마는 이야기가 많은 거지, 못생긴 게 아니래요.
역무원	네.
해리	이야기를 숨겨야겠어요. 안 못생기게.
영주	사람들이 자길 찍어 달라고 얼굴을 내놓잖아요. 이런 사람이라고, 이야기를 들어 달라고. 근데 정작 찍어 놓은 사진을 고를 때면 진짜 이야기는 숨기고 싶어 하는 거예요. 사람들이 그래요.
역무원	영주씨도 숨기는 이야기 있잖아요.
해리	생각해봤어요. 엄마가… 엄마가 아니라면, 내가 엄마딸이 아니면 어쩌지? 그러니까 만약에. 엄마가, 엄마가 아니라면. 왜 내 엄마가 됐을까? 진짜 엄마는 날 왜 버렸을까? 지금 어디서 뭘 하고 있을까? 지금의 엄마는 또 어디서 뭘 하고 있을까?

해리, 선희 옆에 서서 영주를 본다.

| 영주 | 학교 가는 거, 무섭진 않니? |
| 해리 | 괜찮아요. |

24

영주   다행이다.

해리   처음 학교에 들어갈 때, 엄마랑 온종일 동네를 돌아다 녔어요. 책가방도 사고, 사진관에 가서 증명사진도 찍고, 돌아오는 길에는 햄버거 가게에서 장난감을 주는 햄버거세트도 먹고. 엄마가 케첩을 짜 주시고 콜라에 빨대도 꽂아 주셨는데.

해리   저도 할 수 있어요.

영주   알아.

선희, 몸을 일으킨다.

영주   엄마가… 엄마 노릇을 잘 하고 있는지 모르겠다.

사이.

해리   엄마라고 해도 돼요?

영주   응. 우리끼리 있을 때만.

선희, 의자에 앉는다.

해리   아버지가 생겼거든요. 나쁜 놈들 잡는 형사아버지. 처음에 아버지가 아버지가 된다고 했을 때.

역무원은 역무원 의자 위로 올라가고,
근호는 들어서서 객석 앞에 앉으며.

근호 지금은 네가 어려서 이해가 안 되겠지만, 가족도 노력이 필요해. 서류상에 올라있다고 해서 다 가족이 아니라는 얘기지.

해리 정말 그때는 너무 어려서 이해가 안됐어요.

근호 내가 진짜 네 아버지가 될지는 너 하기에 달렸어. 네가 좋은 딸 노릇을 하면 나도 좋은 아버지 노릇을 할 거야. 잘 해보자.

선희, 화장을 고친다.

해리 좋은 딸이 되고 싶었어요. 아버지는 엄마를 어머니라고 부르랬어요. 그게 어른스러운 거라고.

역무원 그거면 어른스러운 걸까.

해리 아버지 앞에선 실수하지 않을게요, 엄마.

영주 그래, 착하다.

웃음.

영주 엄마도 사진관을 했었어. 지금 아버지랑 서울 오기 전에, 해리사진관. 해리는… 기억 안 나니?

해리　안나요. 기억나면 좋을 텐데. (사이) 내가 햄버거세트를 다 먹는 동안, 엄마는 자꾸 창밖을 보셨어요.

리아, 킥보드를 타고 들어선다.

해리　그날 이후로, 학교가 끝나면 사진관에 놀러갔어요.

해리, 영주 옆 자리에 앉는다.

2막 3장

선희   (화장을 고치며) 리아씨는 외동이에요?

리아   언니가 있어요. 서울에 살아요. 엄마랑.

해리   동생이 생긴댔어요. 아버지는 기분 좋은 날이 많아졌어요.

근호   분명히 아들이야. 이형사가 대몽을 꿨댔어.

리아   이형사 아저씨가 내 태몽을 꿨댔는데, 꿈에 집채만 하게 큰 새까만 돼지 한 마리가 대문으로 들어오더래요. 그래서 그놈을 잡겠다고 얼른 대문을 걸어 잠갔다는데, 이형사 아저씨가 까만 돼지면 틀림없는 아들 태몽이라고, 첫째는 아버지를 닮는다고, 아버질 닮은 듬직한 아들놈 하나만 태어나면… 아버지 진짜 멋있었거든요.

근호   이제 진짜 가족이 되는 거야.

해리   진짜 가족이 되는구나.

역무원   진짜 가족은 뭐고, 가짜 가족은 뭘까?

리아   근데…

선희   근데요?

리아   … 그 까만 돼지가 빨간 장미를 물고 있더래요.

웃음.

28

근호   뭐 빨간 장미를 물든 빨간 고추를 물든 까만 돼지는 까
만 돼지니까, 틀림없이 아들일 거야. 해리 너는 남동생
이 태어나면 좋은 누나가 돼주는 거야. 할 수 있지?

모두 해리를 본다.

해리   근데, 내가 잘못을 한 거예요.
역무원   무슨 잘못이요?

사이.

해리   삼일 동안 아버지가 집에 오지 않으셨어요. 집에 돌아
온 아버지에게선 비릿한 냄새가 났어요.
근호   물.

리아, 근호의 어깨를 주무른다.

역무원   어떻게 됐어요?
근호   사진관에 들어가서, 내가 박해리 아버지라니까 이 자식
이 도망을 치더라고.
역무원   잡았어요?
근호   도망가 봤자 내 손바닥 안이지. 그 자식 사진관도 문 닫
고. 이형사가 안 말렸으면 죽여 버렸을지도 몰라. 우리

가족은 내가 지킬 테니까.

해리 리아가 태어났어요. 난 언니가 됐어요.

리아 어릴 땐 언니랑 사이가 좋았는데.

선희 지금은요?

리아 언니는 중학교에 가고 난 초등학교 다닐 때였는데… 언니랑 숙제도 하고, 몰래 라면도 끓여먹고, 밤이 다 돼가는데 아버지도 안 오시고, 엄마도 안 오시는 거예요. 이때다 하고 언니랑 늦게까지 티브이를 보다가 꾸벅꾸벅 조는데… 전화가 왔어요.

영주 해리야.

리아 엄마야?

해리 쉿.

영주 아버지가 사고를 당하셨어.

해리 사고요? 무슨 사고요?

영주 … 그 남자 있잖니.

해리 네?

영주 그 남자.

해리 … 그 남자요?

영주 사진관, 그 남자.

해리 …

영주 사진관 주인!

해리 네… 알아요.

리아 아버지가 퇴근하시고 술을 한잔 하셨는데…

영주 아니, 많이 취하셨는데.

리아 아버지가 나쁜 놈들 잡는다고 한 달이 넘도록 집에 못 오신 적이 있었거든요. 그놈들 잡았다고 회식을 하시고.

영주 이형사 아저씨랑 헤어지고 집에 오는 길에… 그 남자가 아버지를…

리아 집 앞 골목에서 어떤 남자가 칼을 가지고 기다리고 있더래요.

영주 다리를 찔리셨는데… 피가 너무 많이 나서… 피 냄새가… 여태껏 수술을 했는데… 오른쪽 다리를 찔리셨는데… 의사 말이 아버지는 이제 오른쪽 다리를 못 쓰실 거라고!

사이.

영주 리아는?… 리아는!

해리 자요.

영주 문단속 잘 하고 있어.

리아 언니, 왜 그래?

해리 아무것도 아니야.

리아 거짓말.

해리 아무것도 아니야! 넌 잠이나 자!

근호, 다리를 절며 자리로 가 앉는다.

리아   아버지는 형사 일을 못하시게 됐어요.

해리   몇 년을, 그 사진관 주인을 찾으려고 했는데.

리아   이형사 아저씨도 포기해버리고.

해리   아버지는 화가 많이 나셨어요.

리아   경찰서도 못 나가고, 티브이만 보시고.

해리   아버지는 쥐꼬리만 한 연금을 받는데, 이형사 아저씨는 경위가 되고.

리아   빚이 생기고.

해리   리아가 고등학생이 됐을 때.

리아   이형사 아저씨가 경감이 됐을 때.

해리   엄마랑 아버지는 이혼을 했어요.

리아   언니는 엄마랑 서울에 남고.

해리   리아는 아버지랑 아버지 고향으로 돌아갔어요.

리아, 근호의 옆자리에 앉는다.
해리, 리아의 앞자리에 앉는다.

3막 1장

역무원 영주씨가 숨기는 이야기는 뭐예요?

영주 … 30년 전 일이예요.

역무원 30년 전에, 무슨 일이 있었죠?

영주 쉿.

역무원, 내려와 의자에 앉는다.

역무원 안심하시고 말씀해보세요.

영주 … 내가 사람을 죽였어요.

모두 영주를 본다.

영주 내가, 사람을, 죽였어요!

선희, 무대 깊은 곳으로 간다.

영주 그런 눈으로 보지 마요. 감방엔 안 들어갔어도 내 몫은 다했으니까.

해리 엄마는 버리는 컷들이 더 재밌대요.

영주, 선희의 자리에 앉는다.

영주 숨기기 전에 잡은 순간, 주인에게 버림받은 이야기, 찾아가지 않는 얼굴들.

해리 엄마는 손님이 뽑아가지 않은 필름들을 가끔 꺼내 봐요.

영주 그 얼굴들을 보고 있으면 마음이 편해지니까. 나만 숨기지 않는구나. 나만큼이나 이야기들이 많구나.

해리 선반 가득 상자가 있고, 상자에는 필름이 들어있는데. 그 많은 얼굴들 중에 진짜 아빠가 있을까? 어떤 얼굴일까?

영주 마음에도 피가 난다면 좋겠어요. 누가 좀 알 수 있게.

해리 나도 리아처럼 엄마 눈썹을 닮았으면 좋았을걸.

영주 해리는 내 얼굴을 보고 무슨 생각을 했을까? 왜 우린 하나도 닮지 않았지, 궁금했을까?

리아, 해리 옆에 앉는다.

리아 어릴 때, 엄마가 맨날 우리 사진 찍었잖아. 근데 그거 알아? 엄마가 찍은 사진에 엄마는 없다? 웬 줄 알아? 엄만 맨날 찍기만 하니까.

영주 엄만 못 생겨서 찍기 싫어.

리아 못 생긴 게 아니라 이야기가 많은 거랬잖아.

영주	엄마는 싫더라.
해리	오늘은 뭐했어?
영주	필름 봤지.
해리	맨날 필름만 보고 있어.
영주	…
리아	누구 보려고?
영주	…
해리	엄마.
영주	응?
해리	나 낼모레면 서른이야.
영주	낼모레 네 생일이니?
해리	아니, 서른이면 어른도 꽤 어른이라고.
영주	누가 아니라니?
해리	이제 알려줘.
영주	뭘?
해리	아빠.

근호, 일어난다.

근호	영주씨.
해리	저 상자 속에 있지? 그렇지? 그래서 가끔 꺼내보는 거지?
영주	아니야.

해리   거짓말.

영주   아니야.

해리   아빠… 혹시 간첩이야?

영주   아니야.

리아   친일파?

영주   친일파가 대수라니?

해리   그럼 독립운동가 후손?

영주   그걸 왜 숨겨.

해리   유명 정치인 같은 건가? 아닌, 엄마 재벌가 첩 같은 거였어?

영주   아니라니까.

리아   완전 나쁜 사람 아니야? 살인범? 강간범? 사형이나 무기징역?

영주   리아야!

해리   아님… 내가 이제 서른이니까 하는 말인데…

영주   뭐?

해리   엄마가 좀… 헤폤던 거 아니야?

영주   뭐?!

해리   막 애아빠가 누군지도 모르는 거.

영주   그렇다고 치든가.

리아   그렇다고 칠 게 아니지. 언니 출생의 비밀인데.

영주   또 시작이네… 넌 서른이 뭐 유세야? 엄만 낼모레 환갑이다.

리아   엄마 낼모레 생일이야?

리아, 나간다.
해리, 나간다.

3막 2장

근호   민영주씨.

영주   …

근호   민영주씨 맞습니까?

영주   … 네.

근호   9월 7일 저녁 6시경.

영주   사진관에 친구가 왔어요.

근호   조선희씨가 민영주씨의 사진관에 찾아왔다.

무대 깊은 곳의 선희.

선희   얘기를 하고 있었어요.

역무원   무슨 얘기요?

영주   그냥 사는 얘기요.

선희   이 얘기, 저 얘기.

선희, 무대 앞으로 나오며,
역무원, 선희를 뒤 따른다.

영주   친구는 나랑 너무 달라서, 그게 재밌었어요.

선희	사진관 이름 말야, 해리사진관. 무슨 뜻이야?
영주	뜻이야 많지. 근데 다 별로 좋은 뜻은 아니야. 그래도 그냥 예뻐서, 말이.
선희	그러네. 해리, 예쁜 이름이다.
영주	우린 서로를 한눈에 알아봤어요.
역무원	뭘요?
선희	같은 처지인 걸요.

영주와 선희, 기찻길 앞 붉은 선에 나란히 객석을 보고 선다.
근호, 뒤돌아선다.

영주	날이 아직 더운데, 우리 둘 다 목에 스카프를 하고 있었거든요.
역무원	왜요?
영주	나쁜 남자… 많으니까.
근호	그리고?
선희	기준씨가 들어왔어요.
근호	항상 오던 시간에?

역무원, 뒤돌아선다.

| 선희 | 생각도 못했어요. |
| 영주 | 기준씨가 선희를 보더니 화를 내더라고요. |

근호	본처랑 후처가 모여서 작당을 하고 있으니.
선희	네, 그렇게 말했어요.
영주	처음엔 이해가 안됐어요. 무슨 소리냐고 소리쳤는데.
선희	영주 혼자 바보 같았어요. 혼자 아무것도 몰랐죠.
근호	폭로전을 계획한 겁니까?
선희	난 그냥…
근호	민영주씨를 알고 싶었다?
선희	그래요.
영주	내 남자가 친구의 남자라니. 난 김기준의 두 번째 여자였어요. 내가 친구의 남자를, 선희의 남자를 뺏은 거였어.
역무원	결과적으론요.
영주	결과적으론.
근호	폭로전이 된 거지.
선희	영주는 바보같이 기준씨한테 가서 물었어요. 이게 무슨 일이냐고.
영주	분명 이해가 되는데, 이해가 안됐어요. 정말 멍청했어.
선희	기준씨는 불같이 화를 냈어요.
영주	너 지금 뭐하는 거야?
선희	지가 화를 왜 내.
영주	지가 왜 화를 내.
선희	날 무섭게 노려봤어요.
영주	난 기준씨 팔을 잡았어요. 왜 그랬나 몰라. 무서운 사람

인데… 날 뿌리치곤 성큼성큼.

근호 김기준씨가 조선희씨에게 다가갔다?

선희 네.

영주 이년들이 지금 무슨 작당을 하는 거야?

근호 본처랑 후처가 작당을 한 걸로 들리는데?

영주/선희 아니라니까!

영주 커다란 손바닥으로 얼굴을 한 대 퍽 치니까, 선희가…

선희 나가떨어졌어요. 그만큼 맞아봤음 이젠 버틸 만도 한데, 퍽 치면 푹 하고 쓰러져, 매번.

영주 기준씨가 선희 위에 서 있어요. 난 멀찍이서 보고만 있어. 어쩌지. 기준씨가 선희한테 소리를 질러대요.

선희 귀가 멍해요. 웅웅웅… 뭐라는지 안 들려요. 대충은 알 것 같아요. 뭐라는 지.

영주 사나운 말들.

선희 일그러진 얼굴.

영주 기준씨가 발을 들어서.

선희 내 배를 걷어차요. 영주 목소리가 들려요.

영주 기준씨!

역무원 그리곤?

선희 내 목을 졸라요. 늘 하던 대로. 아니, 더 세게.

영주 선희 목을 졸랐어. 매일 나한테 했듯이. 죽일 듯이.

선희 눈앞이 뿌예지는데, 영주가 달려들어요.

영주 난 또 바닥으로 밀쳐져서, 기준씨가 이젠 내 목을 졸라.

선희	눈앞은 아직 뿌옇고, 천장은 빙빙 돌고, 불이 깜박이는
	지 내가 깜박이는지. 일어나야지.
영주	선희가 기준씨를 떼내려고 안간힘을 쓰는데.
선희	카메라를.
영주	카메라가 보여요.
선희	카메라로 기준씨를 내려쳐요.
역무원	누가요?
영주	선희가.
근호	어딜?
선희	어깨.
영주	기준씨가 비틀거려요.
선희	나도 고꾸라져요. 이젠 정말 힘이 다 빠져버렸어. 다시
	일어날 수 있을까…
영주	기준씨가 다시 선희한테 가는 거예요. 선희야!
선희	카메라가 보여요. 근데 이젠 아무것도 못하겠어.
영주	카메라가 보여요.
선희	카메라를 들어서 내려치고 또 내려치고.
근호	어딜?
영주	머리를.
역무원	누가요?

사이.

영주 내가.

선희 내가.

근호 조선희씨가 김기준씨를 민영주씨의 카메라로 내려쳤다?

선희 네.

영주 아니요. 내가, 내가 내 카메라로 내려쳤어요.

근호 몇 번?

영주 처음엔 한번.

근호 몇 번 내리쳤어?

영주 두 번, 세 번!

선희 네 번, 다섯 번!

영주 정신없이 내려쳤어요. 너무 무서웠어요. 다시 일어날까봐. 일어나서 우릴 죽일까봐!

근호 조선희씨, 피해자 김기준씨를 왜 죽였습니까?

무대가 아주 서서히 밝아진다.

역무원, 객석을 향해 선희의 뒷모습을 보고 선다.

역무원 불행은요. 감기 같아요.

선희 불행은요. 감기 같아요. 어떻게든 낫지 않으면, 끊지 않으면 퍼지고 전해지고 또… 우리 엄마가 불행했고, 우리 할머니도. 감기를 달고 살았지… 약을 먹어도 그때뿐이고 또 걸리고 말아. 우리 애는 안 돼요.

역무원 그래서 죽였다?

선희 난 내가 할 수 있는 걸 하는 거예요.

영주 나도 할 만큼 한 거 아닐까.

역무원 조선희씨, 딸이 하나 있으시다고요?

선희 그 애는.

영주 그 애는.

선희 엄마도 아빠도 없는 애로 살게 됐어.

영주 엄마도 아빠도 없는 애로 살게 했어. 내가.

역무원 엄마가 아빠를 죽였다. 엄마는 감옥에 간다. 사실 뻔한 얘기예요.

영주 뻔해요?

역무원 뻔하죠. 치정살인.

선희 그런 거 아닌데.

영주 그런 거 아닌데.

사이.

선희 (영주에게) 영주야.

영주 (선희에게) 응?

선희 그 애 이름, 해리라고 할래?

영주, 선희를 본다.

무대가 아주 밝아졌다.

영주　그래.

선희　대신 좋은 뜻을 붙여줘.

영주　그래, 그럴게.

선희　좋은 이름이야.

영주　해리는.

선희　해리는, 나같이 살면 안 되니까…

영주　나같이 살면 안 되는데…

선희　애는 제대로 살아보도록.

영주　애는 살릴 수 있어.

선희　감기가 낫질 않아.

영주　감기도 안 걸리게.

선희　감기도 안 걸리게.

영주　그땐 다른 방법이 없었어요.

선희　그때 다른 방법이 있었을까?

근호, 객석을 향해 영주의 뒷모습을 보고 선다.

선희　… 그래요. 내가 죽였어요.

영주　내가 죽인 거예요.

근호　피의자 조선희씨는 피해자 김기준씨를 카메라로 수차
례 내려쳐 사망에 이르게 했습니다. 인정합니까?

선희　네.

영주　아니요. 조선희가 아니라 내가. 내가, 민영주가 해리아

빠를 죽였다고요.

근호, 영주를 안는다.
해리와 리아가 들어선다.

3막 3장

무대 앞 붉은 선에 일렬로 선 근호, 영주, 해리, 선희, 리아.
역무원 의자 위에 올라선 역무원.

해리 몇 년 전에 엄마랑 목욕탕에 갔는데, 왜 물속에 발이 크게 보일 때 있잖아요. 탕 속에 엄마 발이 보이는 데, 엄마 발가락이 내 발가락이랑 똑같은 거예요. 아 씨… 막 눈물이 나는 거예요. 아, 우린 발가락이 닮았구나. 나도 엄마를 닮은 데가 있구나. 엄마는 왜 우냐 그래요. 난 막 바보처럼 울면서, 웃으면서… 엄마, 우리 발이 똑같은 거 알아?

영주 그럼, 몰랐어?

해리 엄마도 울어. 알았다면서… 왜 우나 몰라.

선희 마음에도 피가 난다면 좋겠어요. 누가 좀 알 수 있게.

리아 우리 집에도 자주 오고 좀 그래. 아버지랑 둘이만 있음 재미없단 말야. 아버지랑 다 같이 가족사진 하나 찍을까?

영주 사람들이 자길 찍어 달라고 얼굴을 내놓잖아요. 이런 사람이라고, 이야기를 들어 달라고. 근데 정작 찍어 놓은 사진을 고를 때면 진짜 이야기는 숨기고 싶어 하는 거예요. 사람들이 그래요.

근호   우리 가족은 내가 지킬 테니까.

선희   … 이제 다 끝난 거죠?

비가 온다.

역무원 하늘을 올려다본다.

리아   비 오네.

해리   이제 좀 시원해지려나.

영주   왜 시원치가 않니.

리아   9월인데.

근호   그러게 9월인데.

영주   떠날 준비를 하고 있어요.

역무원   어디로요?

시원하게 내리는 빗소리가 커진다.

기차역에 밤이 온다.

암전.

4막 1장

암전 중, 자리에 잠드는 인물들.
녹음된 인물들의 목소리가 들린다.

선희 몇 번이나 같은 가방을 싸서, 같은 기차를 탔다가, 같은
역에 내렸다가, 기차역은 떠나지도 못하고 다시 돌아오
는 기차를 탔어요. 기차에서 보는 풍경은 비슷해요. 건
물들을 지나고, 터널을 지나고, 논밭을 지나고, 또 터널
을 지나고, 성냥갑 같은 작은 집들이 드문드문 보여요.
사람은 보이지 않아요. 기차는 너무 빠르니까, 사람이
보이지 않도록 거리를 두고 아주 멀리 달리니까. 창 밖
풍경은 계절마다 바뀌지만 사람은 본 적이 없어요.

역무원의 손전등 불빛이 바닥에 놓은 킥보드와 잠든 인물들
을 비춘다.

리아 가족끼리 다 같이 차를 타고 소풍을 갔다 돌아오는 길
이었어요. 저녁부터는 비가 엄청 많이 왔어요.

해리 차를 타고 갈 때면 창밖에 지나는 것들을 정신없이 보
곤 했어요. 그날은 차가 꽉 막혀서 창문에 맺히는 빗물

만 보고 있었어요.

선희   기차를 기다리는데 출발이 지연된다는 방송이 나왔어요. 기찻길에서 사고가 났다고, 불편을 드려 죄송하다고 했어요. 기다리던 사람들이 투덜거리기 시작했어요. 역무원을 찾고, 전화기를 꺼내 여기저기에 전화들을 하더라고요.

근호   사고가 난 모양이네.

영주   어디요?

근호   저기 앞에 비상등을 켜고 있잖아.

해리   멀리 노란 불빛이 깜박거리는 게 보였어요. 그 옆으로 다른 차들은 꼭 누가 토한 곳을 피해 걷듯이 천천히 바퀴를 돌려 지나가요.

영주   보여요?

근호   응.

해리   파란 트럭 한 대가 비상등을 켜고 서 있고 빨간 오토바이 한 대가 쓰러져 있었는데, 몇 걸음 떨어진 곳에 우산 하나를 나눠 쓴 남자 둘이 보였어요. 담배를 피우는 남자, 지나가라고 손을 젓는 남자. 담배를 피우는 남자는 트럭 아래를 보고 있었는데, 뭘 보는 걸까?

근호   저것 봐.

영주   죽은 거예요?

근호   그런 모양이야. 죽으면 우산도 안 씌워주는구만.

리아   언니, 뭐야?

해리 트럭 앞바퀴 아래 하얀 비옷을 입은 남자가 누워있어요. 잠을 자듯이 하늘을 보고. 까만 입속에 빗물이 자꾸 가득 차서 넘쳤어요. 사람이 죽으면 저렇게 유령이 되는구나 생각했어요.

리아 언니는 유령이라도 본 것 같았어요.

해리 우리 차 뒤로 그 모습이 미뤄졌을 때 혹시 그 유령이 하늘로 날아가지는 않을까 생각이 들어서 얼른 뒤를 돌아 시트 위에 무릎을 꿇었는데.

근호 앉아.

해리 다시 앞을 보고 앉았어요.

근호 오토바이가 저렇게 위험해. 우리 애들은 오토바이 탄다고 할일은 없겠지. 사내놈들이었음 오토바이 몬다고 속깨나 썩였을 텐데.

영주 오토바이 타고 싶은 사람?

해리 저요!

리아 저요!

근호 저요는 무슨 저요야. 오토바이 탄다고만 해봐. 다리몽둥이를 분질러 줄 테니까.

해리 자전거는요?

근호 자전거 탈 줄 알아?

해리 아니요.

근호 아버지가 가르쳐 줄게. 비 개면 자전거 사러 가자.

리아 나도.

영주 리아는 좀 더 크면 타자.

근호 세발자전거 있잖아. 리아도 사줄게.

해리 자전거 타고 북한에도 갈 수 있어요?

근호 거긴 통일이 돼야 간다.

선희 사람이 죽었댔어요. 작업 중이던 인부 여섯 명이 기차에 치어서 다섯 명이 죽었댔어요. 기찻길에 사람은 본 적이 없는데 여섯 명은 어디서 왔을까. 다섯 명은 어디로 갔을까… 불편을 끼쳐드려 죄송하다고, 한 시간 안에 기차를 다시 운행한다고 방송이 나왔어요.

리아 비는 부슬부슬 오다가도 이따금씩 차를 사정없이 때렸어요. 그럴 때면 꼭 차가 통째로 물속에 처박혔다가 다시 떠올랐다가, 처박혔다가 다시 떠올랐다가, 그러는 것 같았어요.

선희 기차 안은 입석까지 사람이 꽉 들어차고, 에어컨 바람은 팁팁하고, 창밖에 풍경들은 계절처럼 나랑은 아무 상관없이 지나갔어요.

4막 2장

밝아져 기차역에 아침이 온다.
역무원 위에 바닥에 누워 자는 인물들은 마치 기차역의 노숙
자처럼 보인다.
리아, 일어난다.

리아　(해리에게 가) 언니!

해리, 잠에서 깬다.

리아　전화하지.

선희, 잠에서 깬다.

해리　집으로 전화했는데 연결이 안 되더라고.

리아　전화기를 내려놨어. 전화벨소리 듣기 싫다고… 아버지
　　　가.

해리　빚 다 갚았잖아.

리아　뭐 집전화기 소린 나도 싫어. 시끄럽기나 하고… 연락
　　　이야 뭐 핸드폰으로 받음 되니까.

해리	네 핸드폰으로 전화했는데 없는 번호라고 나오더라고.
리아	아… 폰 바꾸면서 번호도 바꿨어.
해리	번호를 바꿨으면 바꿨다고 문자라도 주지.
리아	왜?
해리	어?
리아	전화하게?
해리	…
리아	왜 왔어?
해리	그냥… 잘 지내나 해서.
리아	(카메라가방을 보고) 사진 찍으러 왔어?
해리	사진도 찍고…

해리, 리아를 따라 가다 선희와 눈이 마주친다.

리아	손님.
해리	손님?
리아	제 언니에요. 박해리.
해리	안녕하세요?

사이.

| 선희 | 아… 네… 조선희예요. |
| 리아 | 안 가? |

리아와 해리, 근호에게 간다.

근호   누구냐? 누구야?

리아   해리언니가 왔어요.

해리   … 저 왔어요. 아버지.

근호   왜?

리아   사진 찍으러 왔대요. (해리에게) 밥은?

해리   괜찮아.

리아   괜찮긴. 자고 갈 거지?

해리   그래야겠지.

해리, 리아를 따라 가게로 간다.

리아, 가게에서 박카스 상자를 가지고 나온다.

리아   빈방 없어. 민박손님 내줘서. 내방에서 자.

해리   민박도 해?

리아   그렇게 됐어. 사진은 좀 찍었어?

해리   아니.

리아   사진 찍으러 왔다며.

해리   그냥 왔다니까.

리아   카메라는 왜 가져왔는데?

해리   너랑 아버지랑 보러왔어. 할 얘기도 있고…

리아   하여간 오랜만에 왔으니까 잘 지내고 가. 언니가 좀 이해하고.

해리   뭘?

리아   (킥보드를 치우며) 아버지 갱년긴가 봐. 엄만 안 그래? 중
년의 위기라잖아. 갱년기가 사춘기보다 더 하대. 맨날
통일얘기만 하신다. 온종일 오늘은 통일이 되나 어쩌나
티브이만 보시다가 안 된다고 욕하시다가 주무시다가.
통일만 되면 뭐든 다 해결될 것처럼.

모여드는 사람들과 박키스를 나누며,

해리   통일 좋지.

리아   웬만하면 좋은 얘기만 하자. 어른이니까 어른답게…

해리   알았어. 뭘 또 어른까지 나와.

해리, 잠든 영주 앞에 박카스를 놓는다.

리아   식사하세요!

4막 3장

영주를 제외하고 모두 모여 박카스를 마신다.

근호   손님은 미역국을 아주 좋아하는 모양입니다. 삼일 째 잔말 않고 드시는 걸 보니.

선희   (해리에게) 미역국… 좋아해요?

해리   … 저요?

선희   네.

해리   뭐…

리아   언니는 소고기뭇국 좋아하지?

해리   응.

선희   저도 소고기뭇국 좋아해요.

해리   네…

리아   소고기뭇국 해드려요?

역무원   네.

선희   아, 아뇨…

선희, 웃는다.
리아와 역무원, 웃는다.
영주, 잠에서 깬다.

리아	가방은요? 찾았대요?
선희	아니요.
역무원	요즘은 뭐 잃어버리면 못 찾아요.
선희	그러네요.
근호	그게 다, 학교에서 집에서 가르치질 않아서 그래.
리아	뭘요?
근호	주운 물건이 있으면 주인을 찾아주고, 약한 사람은 도와주고, 잘못하면 벌을 받고. 체벌이 폭력이니 어쩌니 헛소리하면서 애들을 지밖에 모르게 만드는 거야. 세상이 원칙이 없어졌어, 원칙이.

사이.

해리	통일이… 된다죠?
근호	그래! 뭐, 너도 아는구나.
리아	서울서는 금방이라도 될 것처럼 난리던데, 정말 그래?
해리	그런가봐. 전 세계가 떠들썩하니까.
근호	거봐라. 뉴스에서 그러지? (리아에게) 너도 뉴스 좀 봐. 공무원이란 녀석이 나랏일에 관심이 없어.
리아	9급은 그래도 돼요.
근호	광화문에 말이다, 사람들이 몇 만 명씩 촛불을 들고 모인다던데… 너도 나가봤냐?
해리	나가보진 않았어요.

근호	서울 사는 녀석이 광화문에 촛불도 안 들고 나가고.
리아	광화문에 뭐 불이 나가서 통일이 안 된대요?
근호	봐라, 통일된다니까 이 동네 땅값도 금방 올랐지.
해리	그래요?
리아	북한이랑 가깝잖아. 이제 이 동네로 고속도로만 뚫려도, 하다못해 휴게소라도 생기겠지. 그럼 싹 다 팔고 우리도 다시 서울 갈 거야.
근호	통일되면 수도가 바뀔 판인데 서울은 왜 가냐니까?
리아	서울 가서 나도 그 잘 생긴 건물 하나만 갖고 싶다고요.
근호	꿈도 참 정성이라니까.
리아	지랄도 정성이라고요.
근호	내 말이.

선희와 리아, 웃는다.
영주, 박카스를 마신다.

근호	사진관은?
해리	네?
근호	사진관은 좀 되냐고.
해리	그럭저럭요.
근호	요즘 사람들은 사진을 참 많이 찍더라. 그럼 사진관도 잘 되는 거 아니냐?
리아	요즘 사람들이 뭐 사진관에서 사진 찍어요? 다 자기 폰

으로 찍지.

해리　출장촬영을 많이 하려고 해요.

근호　그놈의 스마트폰인지 뭔지가 밥줄 여럿 끊었지. 사진도 핸드폰으로 찍지. 티브이도 핸드폰으로 보지. 컴퓨터도 핸드폰으로 하지. 사진관 하는 사람, 티브이 만드는 사람, 컴퓨터 만드는 사람은 어떻게 먹고 살라고.

리아　다 먹고 살아요. 남 걱정 말고 우리 걱정이나 해요, 아버지.

근호　우린 24시간 편의점도 하고, 민박도 하잖냐. 미역국 좋아하는 손님도 있고.

근호, 일어나는데,

해리　저… 할 말이 있어요.

역무원과 선희, 자리를 비킨다.
근호는 역무원 의자에, 리아는 기차역 의자에 앉는다.
해리는 아주 천천히 리아의 반대편 기차역 의자에 앉는다.
오랫동안 말을 꺼내지 못하는 해리.

리아　어우! 숨넘어가겠다. 할 말 있으면 얼른 해.

해리　… 엄마가 사라졌어요.

리아　사라지다니?

해리	없어지셨다고, 돌아가신 게 아니고.
근호	그게 무슨 소리야?
해리	어머니가 갑자기 없어졌어요.
근호	갑자기 없어졌다는 게 무슨 소리냐고.
해리	집을 나갔어요.
근호	경찰은?
해리	짐을 다 싸서 나간 거라, 가출은 실종신고가 안 된대요.
리아	아버지, 경찰서에 아버지가…
근호	얼마나 됐어?
해리	… 한 달.
리아	한 달?!

리아, 일어선다.

근호	너, 무슨 짓 했어?
해리	네?
근호	네가 또 무슨 짓을 했냐고.
해리	아무 짓도 안했어요.
근호	분명히 네가 무슨 짓을 했겠지.
리아	언니가 무슨 짓을 해요.
근호	박해리, 너 무슨 짓 했어?
리아	아버지, 언니가 무슨 짓을 하냐고요.
근호	알았다!

해리 네?

근호 알았으니까 가.

근호, 무대 깊은 곳으로 가며,

근호 어, 이형사. 나 박근호. (사이) 그래, 오랜만이네. 바쁜
가? (사이) 어, 아니야. (사이) 그래. 나야 노니 편하지. 뭐
피곤할 것도 없고.

리아 참 빨리도 왔다.

해리 돌아오실 줄 알았어.

리아 남자 생기신 거 아니야?

해리 아니야.

리아 언니라고 다 알겠어?

해리 다 알지. 같이 사는데.

리아 같이 산다고 다 아냐. 아버지가 언니 원망하는 거, 이해
가 안 되는 것도 아니야. 꼭 언니 잘못이랄 순 없지만.

해리 그럼 누구 잘못인데?

사이.

리아 아버지가 그 사진만 못 봤어도. 언니가 그 사진만 안 찍
었어도.

해리 사진 속에 나는 벌거벗고 있어.

리아   언니가 그 사진관만 안 갔어도.

해리   학교가 끝나면 사진관에 놀러가곤 했으니까.

리아   그 사진관 아저씨가.

해리   그날은 비가 너무 많이 와서. 사진관에 도착하니까 옷이 다 젖어서. 추워요.

리아   그 사진관 아저씨가.

해리   옷이 다 젖어서 그래. 옷을 벗자.

리아   그 사진관 아저씨가.

해리   내 옷을 벗기고 내 몸을 닦아. 추워요.

리아   그 사진관 아저씨가. 따뜻하게 해줄게. 눈이 부신 조명기를 켜니까.

해리   정말 춥지 않았어.

리아   그 사진관 아저씨가.

해리   벗으니까 더 예쁘네, 해리.

리아   해리는 예쁜 아가씨구나.

해리   아가씨는 여자 어른을 부르는 말이랬어.

리아   나쁜 자식.

근호   너 이 자식 너 지금 너 뭐라 그랬어. 어? 내가 인마 너 걸음마도 못 뗄 때, 똥 기저귀 갈아준 사람이야! 그 은혜를 모르고, 뭐? 찾는 걸 원하지 않을 거라고? 네가 뭘 알아, 이 자식아!

해리   나도 사진사가 되고 싶어요!

리아   해리는 예쁜 사진사가 될 거야!

해리	나도, 나도 엄마처럼.
리아	예쁜 사진사는 예쁜 사진을 찍을 수 있지.
근호	영주랑 내가 어떤 사인데, 민영주가 나를 어떻게 떠나. 민영주는 날 떠나면 안 돼!
해리	사진관 아저씨는 나를 예뻐하니까. 아저씨가 아빠가 돼 줄 수 있지 않을까!

근호, 해리를 끌어내며,

근호	가라.
해리	네?
근호	가라고.
리아	아버지!
근호	사진 찍으러 왔다며, 바쁠 텐데 어서 가.
리아	차도 끊겼는데 어떻게 가요!
근호	택시 불러줄 테니까!
리아	오늘은 우리 집에서 자고.
근호	얘가 왜 우리 집에서 잠을 자?
역무원	가족이니까!
리아	가족이잖아요.
근호	누가!
리아	언니도 가족이에요.
근호	너 안 가고 뭐하고 있어.

리아   언니도 아버지 딸이에요.

근호, 의자를 걷어찬다.
영주, 자리를 피한다.

근호   내 자식은 너 하나야.

리아   이제 아버지 딸은 아니라도 엄마 딸이고 제 언니에요!
아버지만 아니라, 언니도 엄마도 내 가족이라고요! 그
사진관 아저씨가!

해리   엄마가 많이 바쁘시지? 네. 엄마랑 둘이 사니? 거짓말
을 했어. 엄마랑 둘이 사니? 네. 아빠가 없어? 네. 외롭
겠구나. 외로운 게 뭐예요?

역무원 항상 혼자 있고, 밥도 혼자 먹고!

해리   아저씨도 외로워!

근호   얼굴 한 번 안 뵈다가 누가 없어지기라도 해야 찾아오
는 게 가족이야?

리아   그러니까 누가 이혼하래요?

해리   사진관 아저씨가.

리아   해리가 너무 예쁘니까.

해리   아저씨가 사진 찍어놔야겠다. 찰칵.

리아   팬티는? 팬티도 안 입고?

해리   아저씨가 사진 찍어놔야겠다. 찰칵.

리아   나쁜 자식.

해리	사진관 아저씨는 나를 예뻐하니까.
역무원	아저씨가 아빠가 돼줄 수 있지 않을까!
리아	나쁜 자식이야!
해리	알아. 눈이 너무 부셔서 조명기 뒤에 아저씨가 잘 보이지 않았지만, 아저씨 웃음소리가 들렸어.
리아	나쁜 자식이야.
해리	알아.
리아	알아?
해리	이제 알아. 엄마랑 사진관을 하게 된 건 일종의 치유 같은 거였는데!

사이.

리아	내일 월차 낼 테니까, 아침 일찍 이형사 아저씨한테 가보자.
근호	그 자식은 왜!
리아	이형사 아저씨는 경찰이잖아요. 아버지, 삼일 동안 집에 오지 않으셨다며.
역무원	집에 돌아온 아버지에게선 비릿한 냄새가 났는데.
리아	도망가 봤자 아버지 손바닥 안이지.
근호	내 손바닥 안이지.
리아	이형사 아저씨가 말리지만 않았으면 죽여버렸을 텐데.
역무원	죽여버렸을 텐데!

근호   죽여버렸을 텐데.

선희, 자리를 피한다.

리아   아버지는 다 우리 가족을 지키려고. 그 새끼가 칼을 들고 기다렸다잖아!

해리   알아!

근호   너 안 가고 뭐하고 있어!

리아   아버지는 쥐꼬리만 한 연금을 받는데, 이형사 아저씨는 경위가 되고 경감이 되고, 빚이 생기고, 아버지는 이제 서울은 지긋지긋하다고, 나는 아버지랑, 언니는 엄마랑!

해리   안다고!

리아   알아?!

해리   알아!

역무원 해리씨 잘못이 아니에요!

리아   꼭 언니 잘못이란 건 아니야!

해리   그럼 누구 잘못인데?!

해리, 의자들을 쓰러트린다.

해리   갈게요!

리아   가지 마.

해리   간다고!

리아   가지 좀 말라고. 엄마, 가기 전에 우리 집에 전화했을지
          몰라.

나가려던 해리, 멈춰 선다.

리아   언니야 맨날 보지만 난 자주 안보니까, 떠난다고 말은
          안 해도 안부전화라도 한 통 하지 않았을까?

해리   …

리아   아버지가 전화기만 안 내려놨어도… 난 정말 이만큼을
          같이 살았어도 아버지는 이해가 안 돼.

근호   누가 이해해달라든? 넌 너대로 살고 난 나대로 살잖냐.
          안 그래? 그냥 한 지붕 아래만 살면 가족이야? 같이 살
          기만 해도 가족이면, 뭐 같이 살기만 하면 가족이네?
          가족이 되려면 가족을 위해서 노력을 해야 하는 거야!

리아   아버지도, 노력 좀 하세요.

근호   내가 뭘 안 했냐. 내가 뭘 안 해줬어. 내가 널 위해서,
          너 말해봐! 내가 노력을 했냐, 안 했냐!

해리   하셨어요.

근호   했다잖냐, 난 다 했어. 다 했다고. 다 했는데 네가 가
          버린 거야. 너랑 네 어머니, 민영주가 가족이고 뭐고
          내팽개치고 가버린 거라고. 결국은 진짜만 남는 거
          야, 진짜만!

리아　도대체 뭐가 진짜고 뭐가 가짠데요? 누가 그러는데요. 누가 아버지는 진짜고 엄마는 언니는 가짜라는데요? 아버지가 뭔데 진짜니 가짜니 하면서 내 껄 다 **뺏어요!** 엄마랑 언니랑 멀쩡하게 살아있는데, 난 왜 아버지만 보고 살아야 되는데!

해리　내가 갈게.

리아　가지 마!

해리, 우는 리아를 끌어안는다.

해리　간다고, 내가!

근호, 의자를 정리해 앉으며,

근호　이것들이… 내가 아주 우스워 보이지! 집에 돈 한 푼 안 가져오니까 내가 우스워 보여? 나는 뭐, 돈 한 푼 안 가져오고 싶어서, 어? 집에다 키우는 화분도, 지나가는 똥개도 이렇게 취급 안 할 거야. 내가 우리 가족 지키려고. 내가! 내가 어떻게 했는데, 내가. 민영주, 박리아, 박해리까지 지키려고, 내가 어떻게 했는데! 나쁜 년들… 나만 혼자야. 돼지가 분명 새까맸댔는데… 하필 그놈의 돼지새끼가 꽃을 물어서! 고추가 아니라 꽃을 물어서!

사이.

역무원, 의자를 정리해 앉는다.

역무원 국민여러분, 오늘밤 0시에 전 세계가 주목하는 21세기의 가장 극적인 사건, 우리나라, 대한민국의 통일이 이뤄집니다. 오랜 세월 한겨레가 염원해 온 통일, 전 세계인이 기대해 온 한반도의 평화가 드디어 실현됩니다. 종전과 한민족의 영원한 상봉, 한반도의 비핵을 단 6시간 앞두게 됐습니다. 그럼 지금 기대감과 감동에 가슴이 벅차오른 촛불집회 현장의 목소리를 들어보겠습니다. 광화문에 나가있는, 여러분.

리아, 의자를 정리하고 근호 옆에 앉는다.

4막 4장

해리, 객석 앞 붉은 선에 선다.

선희, 해리와 조금 떨어져서 나란히 선다.

선희 이제 어디로 가요?

해리 집으로요.

선희 어머님은요?

해리 글쎄요.

선희 … 괜찮아요?

해리 괜찮아야 돼요?

선희 아니요.

사이.

해리 가방엔, 뭐 중요한 게 들어있었어요?

선희 … 모르겠어요.

사이.

해리 … 사진 그만 찍을까 봐요.

선희   왜요?

해리   정말은 사진 같은 건 찍고 싶지 않았던 것 같아요.

선희, 해리에게 다가가 얼굴을 더듬어본다. 끌어안는다.
해리, 선희에게 안겨 운다. 선희를 안는다.
한참을 그러다 머쓱해서 떨어진다. 어색한 사이.
해리, 카메라 가방을 붉은 선 밖 바닥에 놓는다.

선희   … 그럼, 이제 뭘 하고 싶어요?

해리   … 안 가세요?

해리, 기찻길을 따라 간다.
해리를 바라보던 선희와 영주의 눈이 마주친다.
조용필의 〈어제, 오늘, 그리고〉가 흐른다.
선희, 노래를 부르며 가방과 스카프를 벗어 던진다.
캐리어 백에 앉아 있던 영주도 함께 춤을 춘다.
모두가 노래를 따라 부르며 춤을 추며 서로 만난다.

음악   바람소리처럼 멀리 사라져 간 인생길
          우린 무슨 사랑 어떤 사랑했나
          텅 빈 가슴 속에 가득 채울 것을 찾아서
          우린 정처 없이 떠나가고 있네
          여기 길 떠나는 저기 방황하는 사람아

우린 모두같이 떠나가고 있구나
끝없이 시작된 방랑 속에서 어제도 오늘도 나는 울었네
어제 우리가 찾은 것은 무엇인가 잃은 것은 무엇인가
버린 것은 무엇인가
오늘 우리가 찾은 것은 무엇인가 잃은 것은 무엇인가
남은 것은 무엇인가

오늘 우리가 찾은 것은 무엇인가 잃은 것은 무엇인가
남은 것은 무엇인가
어떤 날은 웃고 어떤 날은 울고 우는데
어떤 꽃은 지고 어떤 꽃은 피고 있네
오늘 찾지 못한 나의 알 수 없는 미련에
헤어날 수 없는 슬픔으로 있네
여기 길 떠나는 저기 방황하는 사람아
우린 모두 같이 떠나가고 있구나
끝없이 시작된 방랑 속에서 어제도 오늘도 나는 울었네
어제 우리가 찾은 것은 무엇인가 잃은 것은 무엇인가
버린 것은 무엇인가
오늘 우리가 찾은 것은 무엇인가 잃은 것은 무엇인가
남은 것은 무엇인가
어제 우리가 찾은 것은 무엇인가 잃은 것은 무엇인가
버린 것은 무엇인가
오늘 우리가 찾은 것은 무엇인가 잃은 것은 무엇인가

남은 것은 무엇인가

끝.

열기에 바람이 지나듯, 올해도 9월이 지난다.
풍경도 계절도 거짓말처럼 모두 다.

한국 희곡 명작선 17

9월

초판 1쇄 인쇄일   2019년 1월 16일
초판 1쇄 발행일   2019년 1월 25일

지 은 이   설유진
만 든 이   이정옥
만 든 곳   평민사
          서울시 은평구 수색로 340 [202호]
          전화: (02) 375-8571(代)
          팩스: (02) 375-8573
          http://blog.naver.com/pyung1976
          이메일 pyung1976@naver.com
등록번호   제251-2015-000102호
 정 가   6,000원

※ 이 책은 사단법인 한국극작가협회가 한국문화예술위
   2019년 제2회 극작엑스포 지원금을 받아 출간하였습니다.